Domitille de Pressensé

émilie
fait du camping

Mise en couleurs : Guimauv'

émilie et stéphane
ont trouvé
une vieille tente.

super !

papa et maman
veulent bien
qu'ils y dorment
cette nuit.

alors ils vont vite
chercher leur couette
et leur oreiller

et ils installent leur lit.

après le dîner,
émilie enfile
sa chemise
de nuit

et stéphane
met son pyjama.

ils vont dans la tente,
comme des grands,
avec leur lampe
de poche.

ils se glissent
sous leur couette.

papa et maman
sont rentrés
dans la maison.

il commence
à faire **nuit**...

il fait même
un peu **trop nuit** !

papa ! maman !
on a oublié nos ours.

maman apporte
l'ours d'émilie
et celui de stéphane.

un moustique !
il y a un moustique
dans la tente.

papa chasse
le moustique.

j'ai envie de faire pipi,
dit stéphane.
moi aussi, dit émilie.

là, dehors !
quelque chose brille
dans le buisson.

c'est sûrement
un œil de **sorcière**
qui nous surveille...

au secours !

là-bas !

une sorcière
veut nous emporter !

allons voir,

dit papa.

mais les sorcières

n'existent pas.

regarde !

c'est juste
un ver luisant
qui se promène.

ouf !

ça va mieux...

tu sais, papa,
il y aura
peut-être
de l'orage
cette nuit...

ou de la neige,
ou encore...

d'accord,
j'ai compris.
je vais dormir
avec vous,

dit papa.

quelle chance !

on va dormir
sous la tente
avec papa !

Mise en page : Guimauv'
www.casterman.com
© Casterman 2010

ISBN 978-2-203-02980-4
Achevé d'imprimer en février 2010, en Italie par Lego.
Dépôt légal : avril 2010 ; D. 2010/0053/232
Déposé au ministère de la Justice, Paris (loi n° 49.956 du 16 juillet 1949 sur les publications destinées à la jeunesse).